SOUVENIRS DU SANCTUAIRE

RECUEIL DE

VINGT CANTIQUES

A UNE, DEUX ET TROIS VOIX

AVEC ACCOMPAGNEMENT DE PIANO OU D'ORGUE

POUR

Avant, pendant et après la Sainte Communion

POÉSIE ET MUSIQUE

DE

OSCAR FEUGA

PARIS

FLEURY, ÉDITEUR

14, GRANDE GALERIE DES PANORAMAS

1858

SOUVENIRS DU SANCTUAIRE

43228

Paris. — Typographie Gaittet, rue Git-le-Cœur, 7.

SOUVENIRS DU SANCTUAIRE

RECUEIL DE

VINGT CANTIQUES

A UNE, DEUX ET TROIS VOIX

AVEC ACCOMPAGNEMENT DE PIANO OU D'ORGUE

POUR

Avant, pendant et après la Sainte Communion

POÉSIE ET MUSIQUE

DE

OSCAR FEUGA

PARIS

FLEURY, ÉDITEUR

14, GRANDE GALERIE DES PANORAMAS

—

1858

1859

SOUVENIRS DU SANCTUAIRE

N° 1. LOUANGES.

Sion, loue ton pasteur par des
hymnes et des cantiques.
(Prose de l'Église.)

CHŒUR.

Sainte Eucharistie,
Présent de Jésus !
Adorable Hostie,
Doux gage de vie,
Froment des élus !...

1. SOLO.

Pour toi les archanges
Descendent du ciel ;

Pour toi leurs phalanges
De saintes louanges
Font frémir l'autel.

2.

Les voutes gothiques,
Pour te faire honneur,
En échos mystiques
Changent les cantiques
Des enfants de chœur.

3.

Pour toi la fumée
Sort de l'encensoir,
Monte parfumée
Sur l'aile embaumée
Des hymnes du soir.

4.

Sur l'or et la gaze,
Pour toi mille fleurs
Des bords de leur vase
Embaument l'extase
Qui remplit les cœurs.

5.

A toi les voix pures
De l'instrument-roi,
Les blanches parures,
Les fraîches verdures,
L'amour et la foi.

6.

Que tout te bénisse,
O banquet divin !
Que dans ton calice
Soit mon pur délice,
Mon bonheur sans fin.

7.

Enivrant mystère,
Oui, pour t'exalter,
Je veux sur la terre
Ne jamais me taire,
Toujours te chanter.

N° 2. AU SAINT AUTEL.

Que tes tabernacles sont aimables,
ô Dieu des vertus !

(Psaume.)

CHŒUR.

Au saint autel
Que la foi nous conduise
Et que nos cœurs adorent l'Éternel
Au saint autel !
Venez, venez, chrétiens, et que votre âme puise
Des anges saints l'aliment immortel
Au saint autel !

1. SOLO.

Manne du ciel,
Divine Eucharistie,
Plus douce au cœur qu'un pur rayon de miel,
Gage sacré de l'immortelle vie
Nous t'adorons en ce jour solennel. (Au st. autel, etc.)

2.

De ses splendeurs
Nous dérobant la vue,
Dieu se fait chair pour régner sur nos cœurs.
De ses bienfaits concevons l'étendue,
Mais pour goûter de suaves douceurs. (Au st. autel, etc)

3.

Venez à nous,
O source de la vie !
Verbe divin, nous vous désirons tous !
Unissez-vous à notre âme attendrie,
Soyez Jésus, son immortel époux !... (Au st. autel, etc.)

N° 3. ACTE DE FOI.

Seigneur, augmentez ma foi.
(Évangile.)

1. SOLO.

Seigneur, le front dans la poussière
J'adore et révère tes lois.

Jusqu'à ce qu'un grand jour inonde ma paupière,
Je ne dirai qu'un mot : Seigneur, je crois, je crois !

CHŒUR.

Oui, nous croyons en toi,
Seigneur ranime, notre foi ! } bis.

2.

Sous l'humble espèce eucharistique
Je reconnais le Roi des rois ;
Que ma raison se taise et que mon seul cantique
Soit de chanter toujours : Seigneur, je crois, je crois !

3.

Je crois, Seigneur, à tes paroles ;
Oui, c'est mon Dieu que je reçois,
Et tandis qu'à l'autel toi-même tu t'immoles,
J'immole mon esprit, Seigneur, je crois, je crois !

4.

Au ciel le séraphin t'adore,
Les anges vivent de tes lois,
Et moi sur cette terre où le monde t'ignore,
Je redirai toujours : Seigneur, je crois, je crois !

N° 4. L'ESPÉRANCE.

Gage de la vie éternelle.
(Litanies du St-Sacrement.)

CHŒUR.

Au tabernacle où Jésus nous appelle,
De l'espérance allons cueillir la fleur,
Son doux parfum est pour le cœur fidèle
Ce qu'un ciel pur est pour le voyageur.

1. SOLO.

Ainsi que dans l'espace
Un nuage s'enfuit,
Comme un vaisseau qui passe,
Comme un éclair qui luit,
Le bonheur nous caresse,
Nous promet un beau jour,
Puis s'éclipse et nous laisse
Attendant son retour.

2.

Oh ! quand luira l'aurore
De ce jour radieux !
Vainement je l'implore ;
Elle fuit à mes yeux.
Mon âme est épuisée
Sous le poids des douleurs ;
Telles, sans la rosée,
Se flétrissent les fleurs.

3.

Dans ce parvis paisible
Où me conduit la foi,
Jésus, manne invisible,
Je me confie à toi !
Sois pour mon cœur le gage
De la félicité ;
Sois mon pain de voyage
Jusqu'à l'éternité.

N° 5. ACTE D'AMOUR.

Je dors, Seigneur, et mon cœur veille.
(Cantique.)

1.

Enfants, voyez la lampe d'or
Dans la grande nef suspendue ;
Elle veille lorsque tout dort
Comme une étoile dans la nue,
Emblème de l'amour constant !
Heureux qui jamais ne sommeille
Sans murmurer en s'endormant :
Je dors, Seigneur, et mon cœur veille !

CHŒUR.

Oui, Seigneur, nous voulons t'aimer,
Inspirés par ta sainte grâce.
Viens régner dans nos cœurs, toi seul peux les charmer,
Graves-y ton image, et que rien ne l'efface ;
Car, Seigneur, nous voulons t'aimer,
Inspirés par ta sainte grâce.

2.

Tous ces splendides ornements
Dont s'émaille le sanctuaire,
Les parfums des fleurs, de l'encens,
Sont les ailes de la prière ;
Mais quand Jésus repose en nous,
Que l'amour fasse sa corbeille,
Et chaque soir disons-lui tous :
Je dors, Seigneur, et mon cœur veille !

3.

Puisque Jésus veut notre cœur,
D'un tel maître rendons-le digne ;
Qu'il surpasse par sa candeur
La blancheur de l'aile du cygne !
Quoi ! Dieu peut nous aimer autant ?
Quelle ravissante merveille !
La nuit redisons-lui souvent :
Je dors, Seigneur, et mon cœur veille !

4.

D'un honneur sans borne, immortel,
Oh ! gardons toujours l'auréole ;
Qu'elle soit la perle du ciel
Qu'un lys recueille en sa corolle !

Jésus sait inspirer l'amour,
A sa voix prêtons bien l'oreille ;
Mais disons-lui quand fuit le jour :
Je dors, Seigneur, et mon cœur veille !

N° 6. ACTE D'HUMILITÉ.

Seigneur, je ne suis pas digne !
(Evangile.)

1.

Grand Dieu ! vous dont le bras terrible
Lance la foudre et les éclairs,
Et qui d'un trône inaccessible
Dictez des lois à l'univers !
Vous savez quelle est ma faiblesse,
Devant vous je suis plein d'effroi,
Et cependant avec tendresse,
Vous me dites : Venez à moi !

2.

Les champs éthérés de l'espace,
Parsemés de globes de feux,

Sont un voile de votre face
Jeté devant mes faibles yeux.
Atome en cette immense sphère,
Ma vie est un moment d'émoi,
Et par pitié pour ma misère
Vous me dites : Venez à moi !

3.

Les bienheureux, les anges même,
Astres purs de l'Eternité,
Vont déposer leur diadême
Devant le Dieu de pureté.
Enfant de l'erreur et du crime,
Je fus rebelle à votre loi,
Et pour me tirer de l'abîme,
Vous me dites : Venez à moi!

4.

Non, Seigneur, je ne suis pas digne
Que vous daigniez me visiter ;
Que voyez-vous en moi? — Le signe
De ceux que l'on doit rejeter.
Mais si mon âme humiliée
Trouve un pardon devant sa foi,
Si mon offense est oubliée,
Je vous dirai : Venez à moi !

N° 7. ACTE DE CONTRITION.

J'ai péché!
(Évangile.)

1.

A l'autel où je déplore
La faiblesse de mon cœur,
O mon Dieu! toi que j'implore,
Prends pitié de mon malheur!
  Seigneur, Seigneur,
Ah! daigne me rendre encore
Ton amour et ta faveur.

2.

Toi qui, depuis ma naissance,
M'avais comblé de bienfaits!
Devais-je par une offense,
Payer chacun de tes traits?
  Seigneur, Seigneur,
Ah! donne-moi l'assurance,
De ne t'offenser jamais!

2

BIBLIOTHÈQUE IMPÉRIALE

3.

Plutôt que de te déplaire,
Que tout soit fini pour moi!
Je ne connais de misère
Que de vivre loin de toi!
   Seigneur, Seigneur,
Que le soleil ne m'éclaire,
Si je n'observe ta loi!

N° 8. ACTE DE DÉSIR.

> Comme le cerf désire les sources
> d'eaux, ainsi mon âme te désire, ô
> mon Dieu!
>
>   (Psaume.)

CHŒUR.

L'amour m'enflamme,
Viens dans mon âme,
O mon Sauveur!
La foi m'inspire,
Je te désire
De tout mon cœur.

1.

Dès qu'aux cieux je voyais l'aurore,
Etendre son manteau d'azur;
Je lui disais : Tu viens d'éclore
Mais j'attends un soleil plus pur.

2.

L'exilé pense à sa patrie,
Ses vœux appellent son retour;
Avec plus d'ardeur, je m'écrie :
Jésus fixe en moi ton séjour.

3.

La fleur demande à la rosée
Et son parfum et sa fraîcheur,
De Jésus, mon âme épuisée,
Attend la vie et le bonheur.

4.

Le prisonnier a moins de larmes
Pour implorer sa liberté,
Que pour goûter tes divins charmes,
Jésus, je n'ai de volonté.

5.

Le cerf, altéré dans sa course,
Cherche l'onde avec moins d'efforts,
Que mon cœur n'aspire à la source
De l'aliment qui fait les forts.

N° 9. TABLE DES ANGES.

O Banquet sacré!
(Antienne de l'Église.)

1.

A la table des anges,
Apportons en ce jour
Nos pieuses louanges,
Nos cœurs et notre amour.
O festin magnifique,
Où la terre et le ciel,
Par un lien mystique,
S'unissent à l'autel !   (A la table, etc.)

2.

Quoi ! l'homme si fragile,
Quels que soient ses efforts,
Ose dans cet asile
Manger le pain des forts?
O terrible mystère!
Pour calmer nos frayeurs,
Aux enfants de la terre,
Anges, prêtez vos cœurs.   (A la table, etc.)

3.

Que nos cœurs soient un vase
Plus précieux que l'or,
Que l'amour et l'extase,   .
En fassent le décor!
Une vertu modeste,
Simple fleur du saint lieu,
Est l'ornement céleste
Du vrai temple de Dieu.   (A la table, etc.)

4.

A nos humbles prières,
Anges, mêlez vos chants;
N'êtes-vous pas nos frères,
Nos guides vigilants?

Au banquet d'innocence,
L'homme et le séraphin,
Puisent la même essence,
Mangent le même pain.   (A la table, etc.)

N° 10. ACTE DE DEMANDE.

> Si vous voulez, Seigneur, vous
> pouvez me guérir.
> (Evangile.)

1.

Venez à moi, source de la lumière,
Qu'à vos clartés mon œil puisse s'ouvrir!
Sans vous, Seigneur, s'affaiblit ma paupière,
Venez, venez, vous pouvez me guérir.

2.

Je porte en moi l'âme la plus fragile,
Sur mes péchés je ne peux que gémir;
Mais que mon cœur devienne votre asile,
Venez, Seigneur, vous pouvez me guérir.

3.

Mon cœur a soif d'une immortelle vie,
Rien ici-bas ne saurait le remplir;.
O doux Sauveur! mon âme vous envie,
Si vous venez, vous pourrez la guérir.

4.

La foi vers vous me conduit et m'anime,
Que votre cœur au mien daigne s'unir!
Sans votre appui, je tombe dans l'abîme,
Venez, Seigneur, vous pouvez me guérir.

N° 11. UNION FRATERNELLE.

> Qu'il est doux à des frères de
> vivre dans l'union!
> (Psaume.)

1.

Qu'il est doux de vivre sur terre
Comme les anges dans le ciel,
Et de prier le même Père,
Unis devant le même autel.

Le chœur répète : Qu'il est doux, etc.

2.

Chrétiens, cette divine hostie,
Fruit de plusieurs grains de froment,
Annonce qu'une même vie
Nous unit dans ce sacrement.   (Chœur.)

3.

Et comme ces graines ambrées
Ne font toutes qu'un même vin,
Dieu confondra nos destinées
Au séjour de l'amour divin.   (Chœur.)

4.

De l'union, céleste gage,
Jésus, ô pain consolateur,
En te recevant, l'on s'engage
A n'avoir tous qu'un même cœur.   (Chœur.)

5.

Unis par un lien sublime,
Frères aimés de Jésus-Christ,
Qu'un semblable esprit nous anime,
Mon Dieu! que ce soit ton esprit.   (Chœur.)

N° 12. JÉSUS, SOURCE DE VÉRITÉ.

Je suis la vérité!
(Évangile.)
Vanité des vanités, tout n'est que
vanité, hors aimer Dieu et le servir.
(Salomon.)

CHŒUR.

Dans le désert où notre âme captive
Aspire en vain à la félicité,
Comme le cerf court aux sources d'eau vive,
Allons vers Dieu puiser la vérité.

1. SOLO.

Les faux plaisirs de la terre
Ne nous laissent après eux
Ni l'onde qui désaltère,
Ni la paix qui rend heureux.
Vous, mon Dieu, céleste Guide,
Pouvez seul combler le vide
Que ressentent tous les cœurs;
Votre amour est leur boussole,
Votre éternelle parole
Sait dissiper les erreurs.

2.

Que sont toutes les richesses,
Et de la terre et des cieux?
— De passagères largesses,
Faites pour flatter nos yeux.
Mais l'unique bien de l'âme,
Le trésor qu'elle réclame,
Je l'aperçois sur l'autel;
Sous cette apparente hostie,
Je vois l'auteur de la vie,
Et le monarque du ciel.

3.

Monde, ta gloire éphémère,
Cause de tant de chagrins,
N'est qu'une ombre mensongère,
Qui s'échappe de nos mains,
Pourrait-elle être durable?
Tu la fondes sur le sable,
Auprès des flots furieux;
La gloire vraiment solide,
C'est ici qu'elle réside,
Sur cet autel radieux.

N° 13. ACTIONS DE GRACES.

Venez, exaltons le Seigneur!
(Chant de l'Eglise.)

CHŒUR.

Oui, nos cœurs sont à toi!
Consacre-les, Seigneur, par ta sainte présence,
Est-il pour eux plus belle récompense ?
Oui, nos cœurs sont à toi!
Qu'ils ne respirent plus que pour aimer ta loi
Et chanter l'hymne saint de la reconnaissance.

1. DUO.

Du cœur de ses enfants,
Par un touchant miracle,
Dieu fait son tabernacle!
Pour des bienfaits si grands,
Voilà l'unique offrande
Que son amour demande.

2.

Nous devenons des dieux,
Ineffable mystère,
Nous, enfants de la terre?
Pour le maître des cieux,
Plus de trône splendide,
C'est en nous qu'il réside.

3.

A nos faibles accents,
Célestes chœurs des anges,
Unissez vos louanges ;
Que vos luths ravissants
Disent au Dieu Suprême
Combien notre cœur l'aime.

4.

Nous vivrons, ô Jésus,
Pour benir ta mémoire
Et célébrer ta gloire ;
Imitant les élus,
Leur digne récompense
Fera notre espérance.

N° 14. ACTE D'OFFRANDE.

Que rendrai-je au Seigneur pour
tout ce que j'en ai reçu?
(Prière de la Messe.)

1. SOLO.

Que rendrai-je à mon Dieu pour sa magnificence?
Heureux, cent fois heureux ceux qui suivent sa loi!..
Il a rempli mon cœur d'immortelle espérance
Il s'est donné lui-même entièrement à moi.

CHŒUR.

O Jésus, dans notre âme établissant ton trône,
Nous voulons que sur nous tu règnes désormais.
Tous nos cœurs réunis formeront la couronne
Que nous t'offrons, Seigneur, pour prix de tes bienfaits.

2.

Je te consacre, ô Dieu, ma volage mémoire,
Pour ne plus l'occuper que de ton souvenir.
Je veux que mon esprit n'existe que pour croire
Mon cœur pour t'adorer, ma voix pour te bénir.

3.

Je t'offre, ô mon Sauveur, ma faible intelligence,
Te connaître fera l'objet de mes désirs;
Ton nom sera pour moi la plus ferme espérance,
Et tes saintes douceurs feront tous mes plaisirs.

4.

Je veux, ô mon Jésus, t'offrir ma vie entière :
Sois de tous mes instants l'Arbitre souverain;
Règne dans mon esprit, éclatante Lumière !
Que je n'agisse plus que guidé par ta main.

N° 15. PRIÈRE POUR LES AMES DU PURGATOIRE.

Donnez-leur, ô Seigneur, le lieu du rafraîchissement, de la lumière et de la paix.

1.

Jésus, notre unique espérance,
Nous implorons votre clémence

Pour les fidèles trépassés ;
Abrégez leurs peines cruelles
Par des délices éternelles
Que leurs tourments soient remplacés !.

2.

Que de leurs demeures funèbres
S'évanouissent les ténèbres
Qui leur cachent l'éclat des cieux,
Et qu'une immortelle lumière
Leur ouvrant une autre carrière
Luise désormais à leurs yeux.

3.

Pour eux, nous vous prions encore ;.
Calmez la soif qui les dévore,
Donnez-leur l'éternel repos,
Et qu'aux sources de la justice
Ils versent tous dans leur calice
L'oubli des larmes et des maux.

4.

O Dieu, soyez-leur favorable
Et qu'une paix inaltérable

Soit leur soleil de chaque jour !
Qu'aux Séraphins leur voix unie
Chante à jamais dans la patrie
L'hymne harmonieux de l'amour.

N° 16. SAINT, SAINT, SAINT.

Et les Séraphins disaient : Saint,
Saint, Saint, est le Seigneur, le Dieu
des armées.

1.

Une troupe angélique,
Doux message du ciel,
De ce divin cantique
Faisait vibrer l'autel :

CHŒUR.

« Gloire à Dieu sur la terre,
Comme au séjour sans fin.
Que tout cœur le révère
Car il est trois fois saint. »

2.

Et l'odorant nuage
Des parfums du saint lieu
Disait dans son langage :
« Gloire à Dieu ! Gloire à Dieu ! » (Chœur.)

3.

Et la troupe enfantine,
De Dieu naïve cour,
D'une voix argentine
Redisait tour à tour :   (Chœur.)

4.

L'écho du sanctuaire
Sur l'aile des zéphyrs
Repétait la prière
En célestes soupirs.   (Chœur.)

N° 17. PRIÈRE A L'ANGE GARDIEN.

Dieu a ordonné à ses anges de
vous porter sur leurs ailes.
(Evangile.)

CHŒUR.

Veille sur nous, bon ange,
Afin que le péché n'entre pas dans nos cœurs
Et qu'une félicité sans mélange
Devienne un jour le prix de nos labeurs.

1.

Trouve-t-on sur terre
Un meilleur ami,
Un plus tendre père
Que l'ange béni ?
Sa voix nous conseille,
Sur nos pas il veille
Du matin au soir ;
Sa sainte présence
Calme la souffrance
Et donne l'espoir.

2.

Protecteur céleste,
Ne nous quitte pas
Dans ce temps funeste
De rudes combats!..
Radieuse étoile,
Ah! brille sans voile
Au-dessus de nous :
Que ton bras nous guide
Et d'un pas rapide
Nous te suivrons tous.

3.

Messager auguste,
Réponds à mon cœur.
— Que devient l'arbuste
Privé de tuteur?
— L'aquilon l'agite
Et le précipite
Loin de son berceau.
— Voilà notre image :
Ignorant ou sage,
L'homme est un roseau.

4.

Aimons d'amour tendre
Notre ange gardien,
Il veut nous apprendre
La route du bien.
— En lettres de flamme
— Gravons dans notre âme
Ce qu'il nous dira,
Soyons-y fidèles,
Aux cieux sur ses ailes
Il nous conduira.

N° 18. RÉSOLUTIONS APRÈS LA COMMUNION.

1. SOLO.

Chrétiens, nourris d'une manne sacrée,
Tandis qu'un sang divin fait palpiter nos cœurs,
Jurons à notre Dieu d'une voix assurée
De n'oublier jamais ses célestes faveurs.

CHŒUR.

Nous le jurons d'un serment solennel
Rien ne saurait effacer de notre âme
Et l'amour divin qui l'enflamme
Et le lien sacré formé sur cet autel.

2.

Quoi ! notre bouche encor toute empourprée
Du sang qui racheta le genre humain perdu,
Pourrait-elle oublier l'alliance jurée
Et contracter jamais un pacte défendu ?..

3.

Autel qui fus témoin de notre ivresse
Qui par des flots d'encens marquas notre bonheur,
Sois encor le témoin et de notre promesse
Et des vœux qu'en ce jour exhale notre cœur.

4.

Le monde peut étaler ces délices ;
Qu'il montre à nos regards ses frivoles honneurs,
Toujours ces bords riants cachent des précipices,
Toujours des fruits amers succèdent à ses fleurs.

5.

Non, ici-bas, il n'est pas de puissance
Qui sépare nos cœurs du Dieu qui les remplit.
Les mépris, les tourments, la mort dans la souffrance,
Rien ne pourra briser le lien qui les unit.

N° 19. CONSÉCRATION A LA T.-S. VIERGE.

APRÈS LA COMMUNION.

Montre-toi, notre Mère!
(Hymne de l'Église.)

1.

Mère de Dieu, Vierge bénie,
Avant de quitter cet autel
Où nous avons trouvé la vie
Dans un aliment immortel !
Nous saluons ta douce image,
D'un regard dicté par l'amour.
Vierge, reçois ce simple hommage,
Veille sur nous durant ce jour.

2.

Garde nos cœurs, Vierge fidèle,
Car Jésus-Christ repose en eux ;
Dans le péril si l'on t'appelle
Que ta force éclate à nos yeux.
Quoi l'enfer montrerait sa rage
Où Jésus fixe son séjour ?
Oh ! souviens-toi de notre hommage,
Veille sur nous durant ce jour.

3.

Ainsi que dans les temps antiques,
Jeune Vierge dans Israël,
Tu donnas des soins héroïques
A l'Enfant Dieu, maître du ciel,
Inspire nous force et courage
Pour le garder à notre tour
Vierge, reçois notre humble hommage,
Veille sur nous durant ce jour.

4.

Nous te quittons, ô bonne mère,
Mais ton aimable souvenir
Dans ce paisible sanctuaire
Nous fera bientôt revenir.

Pour saluer ta douce image
Nous presserons notre retour.
Vierge, reçois notre humble hommage,
Veille sur nous durant ce jour.

N° 20. ORAISONS DES QUARANTE HEURES.

Venez, adorons, et prosternons-nous
devant Dieu.

(Psaume.)

1.

Chrétiens, où courez-vous? le monde avec ses fêtes
Pourra-t-il vous donner un instant de bonheur?
Ses plaisirs fugitifs nous cachent des tempêtes
Où l'on voit trop souvent sombrer la paix du cœur.

REFRAIN.

Venez, venez, dans ce doux sanctuaire
Dieu nous attend exposé sur l'autel ;
Il a pour nous le cœur d'un tendre père,
La sainte paix et les trésors du ciel.

2.

Le monde vous promet des torrents de délices,
Il étale à vos yeux des appas séduisants,
Mais, répondez, mondains, au fond de vos calices
Qu'aurez-vous recueilli, que des regrets cuisants? (Refrain.)

3.

Le bonheur est un fruit que le ciel nous prépare,
Ici-bas l'espérance est notre unique bien ;
Que de ses vains désirs notre cœur soit avare,
Qu'il se repose en Dieu, Dieu seul est son soutien. (Refr.)

4.

Mortels, pour consoler notre pèlerinage
Dieu nous promet le ciel où nous vivrons en lui,
Mais, avant de donner ce céleste héritage,
Parmi ses chers enfants il réside aujourd'hui.   (Refrain.)

5.

A bénir le Seigneur que chacun soit fidèle,
Il attend notre amour, notre encens et nos vœux.
Qui ne répondrait pas à son Dieu qui l'appelle?
Vous cherchez le bonheur ? — Dieu seul fait les heureux.
(Refrain.)

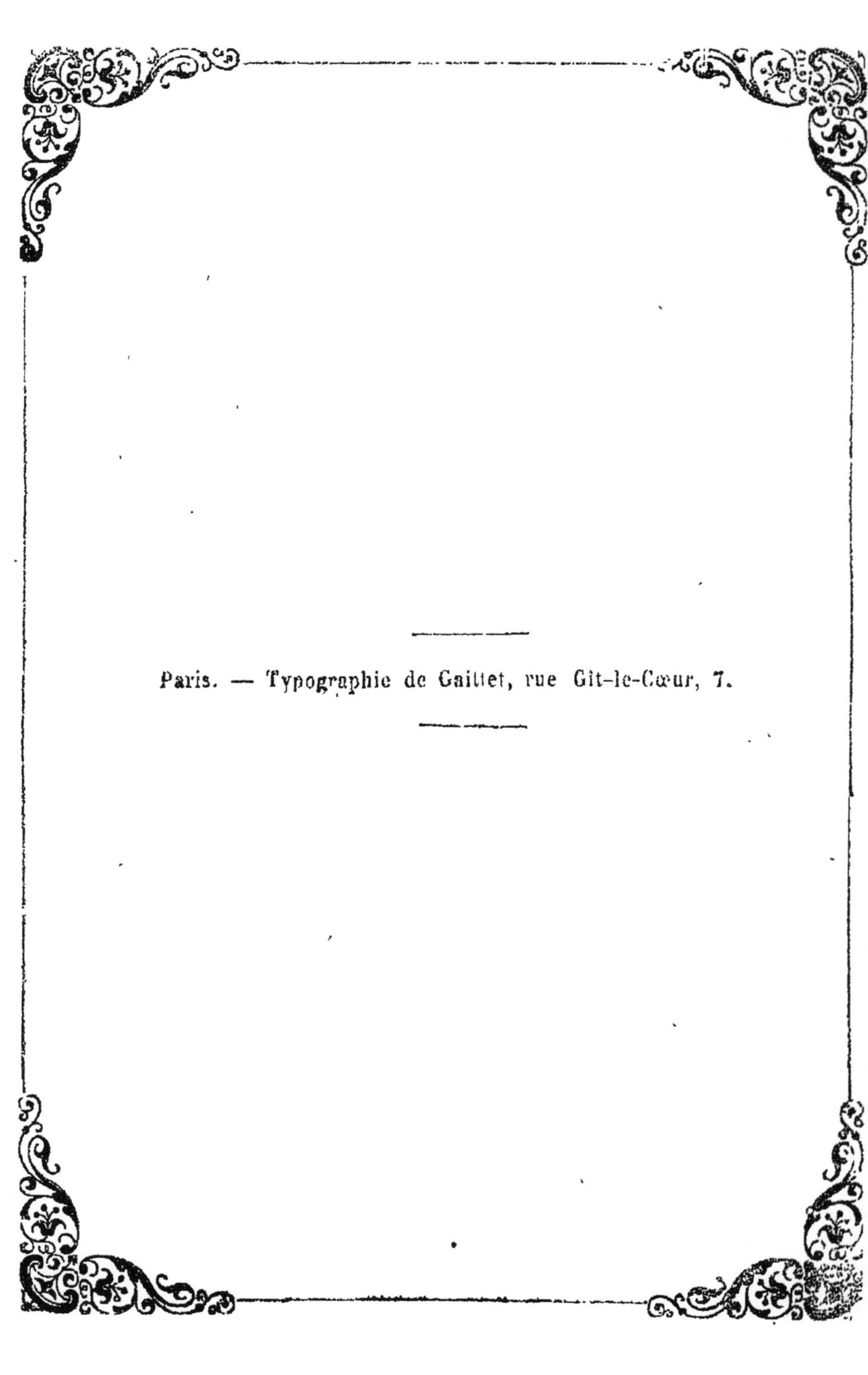

Paris. — Typographie de Gaillet, rue Git-le-Cœur, 7.

www.ingramcontent.com/pod-product-compliance
Ingram Content Group UK Ltd.
Pitfield, Milton Keynes, MK11 3LW, UK
UKHW021717130726
13696UKWH00004B/1880